Renate Sültz

Unser Manni

Sexy und lustige Geschichten
aus dem Ruhrpott

BoD – Books on Demand

Norderstedt 2016

Bibliografisch_____ion durch die
Deutsche_____ibliothek
Die Deutsche Nationalbibliothek
verzeichnet diese Publikation in der
Deutschen Nationalbibliografie; detaillierte
bibliografische Daten sind im Internet über
http://dnb.dnb.de abrufbar.

Herstellung und Verlag: BoD – Books on
Demand, Norderstedt

ISBN 9-78384-8-20481-6

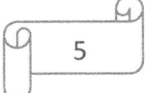

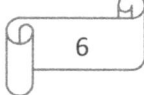

Vorwort:

Der Ruhrpott ist eine Welt für sich. Wer erinnert sich nicht gern an den Garten der Großeltern. Opa war auf'm Pütt. Oma pflanzte Gemüse an und pflegte ihre Rosen. Das alte Zechenhaus war grau, die Randsteine im Garten ordentlich verlegt. Manchmal bestand die Beet-Umrandung auch aus Weinflaschen.

In den Siedlungen mit den Mehrfamilienhäusern wurde jeden Samstag das Auto gewaschen und poliert. Staub auf'm Auto, das ging gar nicht und war der Pott noch so Schwarz ;-)

Die Hausfrauen trugen tagsüber ihre Kittel, ihre Männer, in Jogginghosen, bereiteten sich für das anstehende Fußballspiel vor. Fußball ist untrennbar mit dem Pott verbunden.

In den Gärten war irgendwo immer eine Grillparty. So war es und so wird es immer sein. Und nun folgen typische Ruhrpott-Geschichten mit unserem Manni.

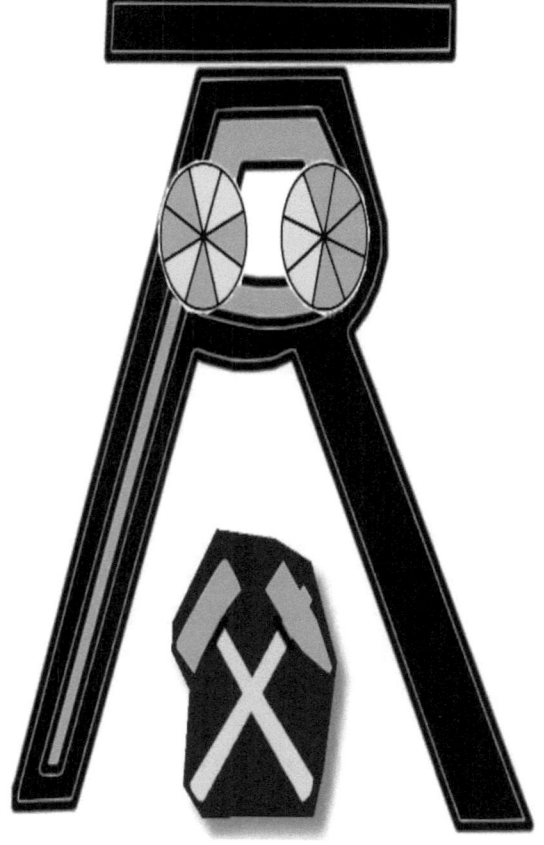

Unser Manni

Ihr kennt Manni, glaube ich, schon aus dem Erotikbuch. Hier eine neue Geschichte von dem liebenswerten, immer noch jung gebliebenen Ruhrpott-Rocker.

Manni wurde als junger Mann von seinen Freunden ständig gehänselt. Tja, es gab da ein Problem mit seinem Geschlechtsteil. Immer wieder wurde er auf seinen langen Penis und seine dicken Eier angesprochen. Er schämte sich irgendwann und zog nur noch weite Klamotten an.

Gerda, seine Freundin, ist natürlich begeistert von ihm. Ist doch klar Mensch, warum denn wohl? Kann sich doch jeder denken. Sonntags kommen die gar nicht mehr aus dem Bett raus. Manni ist immer noch ein Verfechter der Addiletten, Jogginghosen, Goldkettchen und Mini-Plie. Gerda ist auch schon über fünfzig, sieht aber noch toll aus. Ihre blondierten Locken sind frech ins Gesicht gekämmt und ihre Brüste hochgeschoben, so macht sie Manni bekloppt. So springt der eine auf den anderen an.

Es ist Samstagmorgen in Duisburg. Das Sechsfamilienhaus ist nicht gerade ruhig. Nebenan wohnt eine Witwe mit doppelt so großen Hupen, wie die von Gerda. „Ein geiles Weib", sagt Manni immer. Das darf nur Gerda nicht hören, dann kriegt der sofort einen Einlauf.

Manni und Gerda wohnen ganz unten, weil beide etwas mit den Knien Probleme haben. Oben drüber in der ersten Etage wohnt ein Ehepaar. Sie ist ungefähr so alt wie Gerda. Helga heißt sie und ihr Göttergatte Helmut. Ein Pärchen wie Sonny und Klärchen. Die sind 30 Jahre verheiratet. Kinder haben sie keine und laufen immer noch Händchen haltend über die Straße.

Sieht schon echt komisch aus, wenn Helga und Helmut losziehen. Aber wo die Liebe hinfällt eben. Dann ist da noch der ewige Junggeselle Horst. Alle sagen Hotte zu ihm. Hotte ist schon lange arbeitslos. Leider trinkt er sich häufig einen und er ist froh, wenn er seine Ruhe hat. Aber viel wichtiger für Manni und Gerda ist, dass er ein lieber Mensch ist und ein Kumpel. Wenn mal gestritten wird im Haus, ist Hotte schnell da und will schlichten. Streit gibt es in so einem großen Haus öfter mal. Ganz oben wohnt noch das ungekrönte Königspaar der hiesigen Dampfbierbrauerei. Die glauben tatsächlich, wenn sie nüchtern sind, im Delirium zu sein.

Den ganzen Tag liegen die auf dem Sofa rum und wenn die Stütze mal nicht rechtzeitig da ist, muss Manni dran glauben. Passt ihm eigentlich nicht aber er will ja kein Unmensch sein. Susi Bertram, die Nachbarin, ging vor ein paar Tagen in den Keller um ihren Müll in die Tonne zu stampfen. Ausgerechnet immer wenn Manni auch unten ist, dieses Luder.

Beim Müllstampfen sind ihr letztens bald die Brüste in die Tonne gefallen. Manni musste laut lachen. „Manni, du Schwein.", schrie sie. Davon ist Gerda aufmerksam geworden und rannte nach unten. „Was ist denn hier los, braucht einer Hilfe?", rief sie. Als sie Manni auch an den Aschentonnen rumfingern sah, war es natürlich mit der Nächstenliebe vorbei. Ist doch auch irgendwie klar, oder? Manni bekam sofort eine gelatscht von Gerda. Sie zog ihn an seiner Jacke nach oben. „Du weißt doch ganz genau, dass dieses Frauenzimmer es auf Männer abgesehen hat, warum bist du nicht sofort rauf gekommen?", schrie sie Manni an. Der stotterte nur rum und hatte keine andere Ausrede als zu sagen, dass er für Weihnachten Holzfiguren im Keller schnitzen wollte. Da ist er bei Gerda gerade an der richtigen Adresse. Ausgerechnet Gerda sollte diese Kacke glauben.

Na ja, jedenfalls hatte Susi ein Auge auf Manni geschmissen und immer konnte Gerda auch nicht hinter ihm her laufen. Am Samstag treffen sich alle Hausbewohner oft bei Rudi im Himmelstörchen. Da geht

richtig die Post ab. Rudi hat immer die
neuste Musik, aber auch Oldies. Neulich
hatte er eine alte Musikbox ersteigert. Das
war natürlich das Tüpfelchen auf dem i.

Dieser Samstag wird sowieso den
Hausbewohnern lange in Erinnerung
bleiben. Das heißt nur die, die nicht so viel
Fusel kippen. Es war acht Uhr, Rudi hatte
für tolle Stimmung gesorgt mit seiner Musik
und eine neue Kellnerin eingestellt. Die Leni
hatte das Handtuch geschmissen, weil ihr

die Kerle ewig an die Brüste gefasst haben. Kann man gut verstehen. Camilla ist die Neue. Ein Bergepanzer von Frau. Wenn man überhaupt Frau sagen kann. Wenn die läuft fehlt einfach die Grazie und Eleganz. Sie stampft dermaßen beim Laufen, dass die Ratten im Keller Angst kriegen.

Nun ja, sie war trotzdem Okay, hatte alles bestens im Griff, auch hin und wieder Mannis Geschlechtsteil. Unauffällig, ist ja klar. Quasi unterm Ladentisch. Wenn Manni an der Theke steht, geht sie immer so nah an ihn vorbei, dass es nicht auffällt wenn sie mal kurz zwischen Tablett und Pilz Glas zugreift. Jedenfalls dieser Samstag fing schon klasse an, mit Musik, toller Atmosphäre, Frikadellen auf den Tischen und Käsebrötchen. Das Bier ist natürlich stets gut gekühlt und mit einer tollen Krone versehen. Plötzlich geht das Himmelstor auf und ein Engel kommt herein. Susi, wie sie leibt und lebt. Sie ist noch recht jung und sowas von attraktiv, dass sie selbst die treuesten Ehemänner unter ihre Fittiche nehmen konnte.

Gerda und Manni saßen so ziemlich auf dem Präsentierteller, hatten alles im Blick. Gerade Manni. „Was glotzt du diese Kuh eigentlich so an?", fragte Gerda ihr bestes Stück. „Ach", sagt Manni, „draußen ging gerade ein alter Schulfreund vorbei." „Ja, ja, du Sack, dass soll ich dir jetzt glauben oder was?", antwortete Gerda. Rudi merkte, dass etwas dicke Luft bei den beiden war und drückte sofort an seiner tollen Musikbox Mannis und Gerdas Lieblingssongs.

Sie begannen zu tanzen. Dann folgten ihnen die anderen auf die Tanzfläche. Wie immer nutzte Manni die Gelegenheit um bei seiner Angebeteten auf Tuchfühlung zu gehen. Susi saß ganz alleine an der Theke und nuckelte an einem Longdrink herum. Sie klagte Rudi ihr Leid. „Mein Freund hat mich verlassen, weil ich keine Lust hatte drei Mal am Tag die Matratzen zu testen. „Das ist richtig Susi, haste gut gemacht, der Sauknochen hat das nicht anders verdient.", meinte der Wirt.

Gerda musste auf die Toilette und Manni nutzte die Gelegenheit, Susi zum Tänzchen aufzufordern. Ihr kleiner runder Hintern passte genau in seine Riesenpranken. Und sein spezielles Geschlechtsteil bekam Susi deutlich zu spüren. Doch Manni hatte die Rechnung ohne den Wirt gemacht.

Gerda stürmte die Tanzfläche und scheuerte Manni eine. Jedenfalls wollte sie seine Backe treffen und verlor das Gleichgewicht. Sie hatte auch schon ordentlich getrunken. Gerda kann das sehr schnell. Sie verträgt nicht viel.

Es gab einen ordentlichen Bums und Gerdachen lag bäuchlings mitten auf der Tanzfläche. „Was machst du denn am Boden Gerda, suchste nach Staubmilben?", rief Hotte aus der hintersten Ecke. Hotte sitzt lieber etwas abseits, weil er eben seine Ruhe haben will. Doch an dem Samstag ging es leider nicht, denn alle hatten irgendwie einen Schuss. Die Kellnerin war scharf auf Manni. Manni war scharf auf Susi. Gerda hatte bald die Schnauze voll und wollte nach Hause. „Wir nehmen dich mit Gerda.", sagte das nette Ehepaar aus der ersten Etage. Auch sie sind oft an den Samstagen bei Rudi. „Ruhe Leute, jetzt will ich euch mal was sagen.", rief der Wirt. „Ich habe eine Überraschung für euch.", fügte er hinzu. Und wenn Rudi was versprach, dann hielt er es auch. Rudi hatte Gunther Miguel arrangiert. Die Kohle dafür holt der locker wieder rein. Rudi hat immer einen tollen Umsatz.

Das Himmelstor öffnete sich und Gunter Miguel betrat die Kneipe. Mit seiner Gitarre unterm Arm nahm er am Tresen Platz. „Ihr kennt mich ja alle schon aus dem Fernsehen.", sagte Gunther. „Nun bin ich heute bei euch und will mit allen einen tollen Abend verleben. Dabei spiele ich alte und neue Hits von mir.", fügte er hinzu. Manni und Gerda waren natürlich die ersten, die sich um den Sänger herum gesellten. Dann nahm Susi neben Gunther Platz.

Hotte blieb wie immer etwas im Abseits sitzen und Helga und Helmut setzten sich auch ziemlich nah an den Sänger. Rudi setzte die Helligkeit im Raum mit dem Dimmer herunter. Eine angenehme Atmosphäre verbreitete sich in der Kneipe. Rudi, der Wirt, schmiss direkt eine Runde für alle und nun legte Miguel los. Mit seiner warmen, sentimentalen Stimme, trällerte er seine Hits von damals. Dazu spielte er auf seiner Gitarre. Die Paare umarmten sich, tanzten oder rückten dem Sänger immer näher auf den Pelz. In Rudis Eckkneipe war ordentlich was los. Es war schon

Mitternacht vorbei. Rudi schloss vorsichtshalber schon mal ab, damit niemand mehr rein konnte. Die Stimmung war bombastisch.

Doch was war das denn? Manni hatte seinen rechten Arm auf Susis Po gelegt, in der Hoffnung Gerda würde nichts merken. Doch sie merkte alles. Plötzlich war es mit der ruhigen Stimmung vorbei. „Du Schwein nutzt aber auch jede Gelegenheit um anderen Weibern an die Kurven zu grabschen was?", schrie Gerda ihre bessere Hälfte an. Manni tat natürlich so, als wenn er nichts gehört hätte. Schnell zog er seine Hand zurück und schaute Gerda mit seinen braunen Augen traurig an.

Natürlich wusste Manni, dass er Gerda mit seinem Blick immer wieder um den Finger wickeln konnte. Sie beruhigte sich schnell wieder, weil sie genau wusste, dass Manni sie liebte. „Das werde ich diesem Kerl noch abgewöhnen.", dachte sie. Gunther Miguel sang noch einige Lieder und alles beruhigte sich wieder. Bis morgens um vier feierten

sie mit Tanz und Gesang bei Rudi, in der
Kneipe umme Ecke.

Der Sonntag war wie so oft, ein Tag an dem
sich ausgeruht wurde. Gerda stand mit
ihrem Verführer gegen Mittag erst auf.
Gemütlich wurde gefrühstückt. dann
schellte es Sturm. Bodo und Lotte stehen
vor der Tür. „Was ist denn los.", sagte
Manni genervt. „Wir waren gestern Abend
noch bei Klausi im Turmeck. Der hatte die

Kneipe bis eben geöffnet. Jetzt kommen wir nicht rein, weil Lotte den Schlüssel verloren hat.", jammerte Bodo.

„Das ihr euch auch immer den Fusel so rein kippen müsst Mensch.", meckerte Gerda. Jedenfalls, auch wenn es schwer viel, stapfte Manni in seiner ausgebeulten Jogginghose, Werkzeug unter dem Arm, nach oben. Er fingerte und fingerte herum, aber die Tür ging nicht auf. „Wenn ihr den Schlüssel von innen habt stecken lassen, kann ich euch nicht helfen.", meinte der Ruhrpott Rocker. „Ne, ne, haben wir nicht Manni.", sagte Bodo. Gerda hatte eine Idee. Sie kam rauf und gab ihrem besten Stück eine alte Kontokarte von sich. „Mach mal, du weißt ja, wie das geht.", sagte sie zu Manni.

Schließlich bekamen sie die Tür auf. Bodo und Lotte bedankten sich und wollten am bevorstehenden Wochenende bei sich in der Wohnung einen kleinen Umtrunk stattfinden lassen. „Ihr seid herzlich eingeladen.", sagte Bodo zu Manni. Jedenfalls bedankten sich beide noch einmal. Gerda und ihre bessere Hälfte gingen die Treppe hinunter und wollten gerade in ihre Wohnung gehen. Nebenan ging die Tür auf und Susi stand nackt im Rahmen.

„Was soll die Scheiße denn, Susi?", schimpfte Gerda. „Ach ich dachte du wärst bei deiner Mutter, Gerda.", stotterte sie herum. „Jetzt weiß ich endlich mal, wo hier der Hase langläuft.", schrie Gerda sie an. „Susi was ist denn da unten los, brauchst du Hilfe, Kleines?", rief Hotte von oben. „Ne, schon gut Hotte, aber wenn du mal nach meiner Heizung schauen könntest, wär ich dir dankbar.", sagte sie. „Das hab ich doch geahnt, die versaut das ganze Haus hier." Das Manni kein Unschuldslamm war, wusste Gerda. Trotzdem liebte sie ihren Rocker mit den dicken Eiern. Sie wusste auch, dass Manni nie weiter gehen würde als die jungen Dinger mal an den Hintern zu packen oder mal in die Brüste zu kneifen. Andere Frauen würden dann wohl abhauen, doch was sollte Gerda denn machen. Obwohl sie eigentlich für ihr Alter noch recht gut aussah, doch wen sollte sie noch kennenlernen?

Manni liebte sie so wie sie war. Aber Gerda liebte Manni auch wie er war. Oft könnte sie sich über seine Dauerwelle aufregen, die überhaupt nicht mehr modern war oder über seine Schlappen. Das tat sie aber nicht. Jedenfalls hatten sie an diesem Sonntagnachmittag vor ins Kino zu gehen. Gerda zog ihren kürzesten Rock an und ein Oberteil, welches fast ihren kompletten Oberkörper frei gab. Eigentlich genau wie Manni es liebte. Mannis Erscheinungsbild hatte sich von den Achtziger-Jahren bis heute nicht geändert. Nur hatte Gerda nicht damit gerechnet, dass Susi von neben an auch die Idee hatte, in den gleichen Film zu gehen.

Oder sollte Manni etwa… ? Nein, nein, diesen Gedanken verwarf sie sofort wieder. Nicht ihr Manni. Die Vorstellung begann pünktlich um Neun. Susi saß ziemlich in der Mitte, aber Gerda sah sie nicht. Noch nicht einmal, als Manni sich neben sie setzte. Also links neben ihm saß Susi und rechts Gerda. Da Gerda im Halbdunkel nicht mehr gut sehen konnte, erkannte sie Susi auch nicht.

Das Licht ging aus, nur die Leinwand war zu sehen. Man hörte nichts mehr im Kinosaal, außer hier und da Popcorn, welches knackend verzehrt wurde. Oder einer hustete. Jetzt ging komplett das Licht aus und der Vorspann des Filmes lief ab. Gerda bemerkte immer noch nicht, dass Susi links neben Manni saß. Dass die beiden sich am Vortag verabredeten, vermutete Gerda erst recht nicht. Wenn sie es wüsste, könnte Manni sich die Radieschen von unten ansehen. Ganz bestimmt.

Susi verhielt sich ziemlich ruhig und rutschte in dem Kinosessel weiter nach unten. Sie hatte Angst, von Gerda blöd angemacht zu werden. Wenn die mal erst loslegte, dann würde Susi garantiert ein paar Zähne fehlen. „Geil, wie sie wieder aussieht.", dachte Manni, dieser Rockerlüstling. Susi hatte einen BH an, der ihr gesamtes Brustvolumen freilegte. Plötzlich rutschte ihre Hand auf Mannis verbeulte Trainingshose.

Schnell hatte dieses Luder gefunden wonach sie suchte. War ja auch irgendwie nicht schwer. Gerda merkte immer noch nichts. Sie kaute erwartungsvoll ihr Popcorn. Manni war auch nicht gerade aus der Klosterschule gekommen, sondern griff voll unter Susis Minirock. Volltreffer! Er wärmte sich in dem Winterpelz erst mal die Hand. Der Film lief und alle schauten gespannt auf die Leinwand. Plötzlich griff jemand, der hinter Gerda saß, ihr von hinten an die Brüste. Gerda schrie laut auf: „Du altes Schwein Mensch. Wo bin ich hier eigentlich gelandet?"

Jetzt wurde Manni aufmerksam. Auch wenn er bei Susi den Waldbestand kontrollierte, hatte keiner seine Perle anzufassen. Manni drehte sich um und schrie diesen Typen an:

„Jetzt will ich dir mal was sagen, du Waldheini. Wenn du noch mal deine Dreckspfoten an meine Gerda klebst, dann hau' ich dir was aufs Maul." Der Grabscher verkroch sich in seinen Sessel und sagte keinen Ton. Zu rechtfertigen gab es da ja auch nichts.

Bei dieser Gelegenheit entdeckte Gerda Susi neben Manni. „Was ist denn hier los?", sagte sie aufgeregt. „Konnte ich mir ja denken, dass du auch hier bist.", schrie Gerda hysterisch. Manni versuchte die Frauen wieder auf Kurs zu bringen. Er holte für alle eine große Tüte Popcorn und schon änderte sich die Stimmung. Manni riss sich bis zum Ende des Films zusammen. Er wollte eigentlich mit Gerda keinen Streit, aber wenn er so gereizt wird, kann er einfach seine Finger nicht bei sich behalten.

Nun ja, wir wollen jetzt über die anstehende Hausparty reden. Manni hat in ein paar Tagen Geburtstag. Er ist noch ein toller Typ, dem man das Alter nicht ansehen kann.

Extra für diesen Tag hat er sich von Gerda die Dauerwelle erneuern lassen. Seine Klamotten hat sie nur in die Maschine geschmissen und wieder getrocknet. Obwohl Mannis Jogginghose schon an diversen Stellen durchgescheuert ist, will er sie auf keinen Fall durch eine andere ersetzen. Das würde zu einem waschechten Ruhrpott-Rocker wie Manni einer ist, nicht passen. Jedenfalls fiel sein Geburtstag genau ins Wochenende. Besser ging es nicht. Und eingeladen haben Manni und Gerda alle Hausbewohner.

Als der Samstag endlich da war, überschlug sich natürlich alles. Gerda schmückte die

Wohnung und machte ihren besten Kartoffelsalat. Zwei kalte Platten mit gefüllten Eiern und viele andere leckere Sachen. „So Gerda, ich hau' noch mal schnell ab zu Aldi, Getränke holen.", sagte Manni. „Ist gut Schatz, mach' mal, ich komm' schon hier klar.", antwortete Gerda.

Als Manni die Wohnungstür öffnete, hatte Susi von nebenan auch ihre Tür auf. Aber nicht nur ihre Tür. Die Bluse, die sie trug, war wohl in der letzten Wäsche zwei Nummern eingelaufen. Jedenfalls passten ihre Superhupen nicht richtig rein.

Mit dem gekrümmten Zeigefinger, animierte sie Manni doch mal kurz rein zu kommen. Manni ließ sich diese Aufforderung doch nicht zwei Mal sagen. Aldi hatte ja noch lange auf, da konnte er ja noch mal schnell Susis Bettgestell verschrauben. Gerda hatte noch genug mit den Vorbereitungen zu tun. Die würde bestimmt nichts merken, dachte der Ruhrpott Hallodri. Nach einer guten Stunde klingelte sein Handy. Gerda rief an: „Wo bleibst du denn? Oder müssen die bei Aldi noch den Fusel in die Flaschen füllen? Jetzt mach mal hinne."

„Du kannst dir nicht vorstellen wie voll das heute hier ist, Gerda. Die kaufen alle als wenn es morgen nichts mehr geben würde. Ich werde mich beeilen.", antwortete der Schlawiner. Manni horchte hinter Susis Tür. Drüben lief die Dusche, dass konnte man hören. Nun nutzte Manni die Gelegenheit und haute ab. „Mensch, das ist ja noch mal gut gegangen.", dachte er.

Eine halbe Stunde später kam Manni zurück in das Duisburger 6-Familien-Haus. Eine Wohnung steht übrigens schon etwas länger leer. Ist doch klar. Wer zieht schon

gerne in eine Messie-Wohnung ein. Obwohl
die Räume toll in Schuss gebracht wurden,
roch es immer noch modrig. Doch Manni
war das alles egal, Hauptsache er und Gerda
hatten ihre Ruhe. Leise drehte er den
Schlüssel von seiner Wohnungstür herum.
Eine gespenstische Stille umgab ihn. Er
schob die Tür auf und erschrak als Gerda
ihn überraschte, in dem sie sagte: „Erwischt
was?" „Ne Gerda, warum denn, ich kann
doch nichts dafür, wenn die bei Aldi so
lahmarschig sind.", sagte Manni.

Die Wohnung sah Spitze aus. Alles war für
den abendlichen Besuch vorbereitet. Da
standen Gläser auf dem Wohnzimmertisch.

In der Christallschale von Oma war fein säuberlich Knabberzeug angerichtet. Dann der Käse-Igel, der bei Manni und Gerda erst recht nicht aus der Mode kommt. Gegen sieben Uhr klingelten die ersten Gäste. Bodo und Lotte von ganz oben standen mit einer Flasche Maria vor der Tür. „Mensch, kommt rein, danke dafür und macht es euch schon mal bequem.", sagte Gerda. „Manni ist noch im Bad und legt sich seine Frisur zurecht.", fügte sie noch hinzu. „Boah, Gerda, das hast du aber alles ganz toll dekoriert.", sagte Bodo mit einem Auge auf die Flasche Schnaps schielend, die auf dem Tisch stand. Wieder ging die Schelle und Hotte stand draußen.

„Kann ich reinkommen oder bin ich zu früh?", fragte der Junggeselle. „Leider hab' ich nur ein paar Blümchen für Manni, ich hoffe er freut sich trotzdem.", sagte Hotte. In diesem Moment kam Manni aus dem Badezimmer. Frisch gestriegelt und mit Aldi-Shave eingerieben, fühlte er sich wie der King von Duisburg. Er sagte: „Hotte, komm' rein und quatsch nicht rum, mach es dir bequem." Langsam trudelten die anderen auch ein. Helga und Helmut gaben einen selbstgebackenen Kuchen ab. Das wollte sich Helga nicht nehmen lassen. Sie brauchte einfach die Bewunderung ihrer Backkünste. Zum Schluss stöckelte Susi in die gute Stube von Manni und Gerda. Minirock bis unter die Arschbacken und ihre Brüste hatten irgendwie ein Problem in der Bluse zu bleiben.

Susi hatte überhaupt kein schlechtes Gewissen Gerda gegenüber. Obwohl sie doch noch ein paar Stunden vorher mit Manni die Löcher in ihrer Matratze gestopft hatte. „Hallo Susi, komm' rein und setz dich einfach irgendwo hin. Übrigens lange nicht gesehen, oder?", meinte der Ganove Manni. Lügen konnte er sehr gut, wenn es darum ging seine eigene Haut zu retten. Doch Gerda schaute ihn streng von der Seite an. Wenn Blicke töten könnten, wäre Manni jetzt umgefallen. Die Party fing an, alle waren gut gelaunt und der Fusel floss in Strömen. Hotte der ewige Junggeselle verkroch sich wie immer in die äußerste Ecke. Aber er saß so, dass er noch gut die anderen beobachten konnte. Für den heutigen Tag hatte Gerda den Gelsenkirchener Barock auf Hochglanz poliert und passte höllisch auf, dass keiner mit seinen Fettfingern darauf packte. Mannis Lieblingsschlager liefen und der Ruhrpott-Rocker war in seinem Element. Er forderte Lotte, die ganz oben wohnte zum Tänzchen auf. Alle waren ungefähr im gleichen Alter. Außer Susi natürlich. Sie war die Jüngste und Attraktivste von allen. Lotte hatte sich extra für Mannis Geburtstagsparty neue Schuhe gekauft. Der Absatz hatte eine schwindelerregende Höhe. Da Lotte etwas rundlich war und auch ihre Beine nicht sonderlich schlank waren, hatte sie Schwierigkeiten zu laufen. Erschwerend kam noch hinzu, dass sie schon angesäuselt war. Aber Manni machte das nichts aus. Er packte sich Lotte und schleuderte sie elegant, ihre Taille umfassend, über das frisch verlegte Laminat aus dem Baumarkt. Jetzt fühlte sich natürlich auch Bodo verpflichtet, Gerda aufzufordern. Ein langsames Stück lief. Bodo war sehr dünn und hatte keinen Arsch in der Hose. Doch er tanzte wie John

Travolta. Gerda war hin und weg. Sie schmiegte sich immer enger an Bodo. Manni sah das und funkte dazwischen. „Jetzt hör mal Bodo, du sollst Gerda nicht auspressen, sondern im Einklang mit der Musik tanzen.", meckerte Manni. Gut, dass er und seine Gerda am Morgen noch Möbel auf den Speicher gestellt hatten. Platz zum Tanzen wäre sonst nicht da gewesen. Helga und Helmut waren beide sehr durchtrainiert, da sie drei Mal in der Woche einen Sportverein besuchten. Sie legten eine Sohle aufs Parkett, sodass den anderen der Atem stillstand. „Hotte, komm' her, schotte dich nicht immer so ab!", rief Gerda. Doch sie hatte keinen Erfolg. Außerdem war Hotte schon so abgefüllt, dass er ohnehin nicht mehr laufen konnte. Alle Gäste hatten einen Riesenspaß. Es wurden Witze erzählt und das Essen ging weg wie nichts. Sogar der gute alte Käse-Igel fand seine Anhänger. Doch wie das eben in feucht-fröhlichen Gesellschaften so ist, kippte auch hier die Moral. Da Manni auch schon einiges inne hatte, taumelte er zu Susi herüber. Susi saß alleine auf dem riesigen Sofa, welches Manni und Gerda von Mannis Tante Klara geerbt hatten. War zwar aus den Fünfzigern, aber saubequem. Jedenfalls konnte sich der Ruhrpott-Hallodri nicht mehr gerade halten und viel genau auf Susi drauf. Susi konnte sich nicht wehren, da Manni sehr schwer war. Wie diese Szene aussah, kann man sich ja denken. Ungeniert griff der Ganove bei dieser Gelegenheit Susis Brüste, oder sollte man besser sagen, ihre herausgequetschten Ballons?

Als Gerda das Specktakel sah, griff sie sich den Käse-Igel vom Tisch. Sie nahm Anlauf und klatschte ihn ihrem Früchtchen Manni ins Gesicht. „Ihr habt doch wohl den Knall nicht gehört, kaum dreht man sich um, da macht ihr schon wieder die größte

Scheiße.", fauchte Gerda. Sie beruhigte sich erst wieder, nachdem Manni ihr den Sachverhalt erklärt hatte. Kurze Zeit später löste sich langsam die Gesellschaft auf. Alle hatten mehr als genug getrunken und konnten sich nicht mehr auf den Beinen halten. Ohne ein Wort miteinander zu reden, legten sich Manni und Gerda ins Bett und schliefen auch recht schnell ein. Am Sonntagmorgen mussten beide erst mal in ihrer Duisburger Parterrewohnung klar Schiff machen. So eine Party hinterlässt oft gewaltige Spuren. „Ne Manni, vorläufig hab ich die Schnauze voll mit deinen ewigen Partys.", wetterte Gerda. „Wenn du dich wenigstens benehmen könntest und nicht ständig deine Pfoten nach Susi ausstrecken würdest.", sagte Gerda etwas traurig. „Ach Gerdachen, das musste nicht so eng sehen.", meinte Manni. „Du weißt doch, dass nur du meine große Liebe bist.", säuselte er ihr ins Ohr.

Am Montag kamen dann, wie vorher mit den Mietern besprochen, die Handwerker. Die alte Heizanlage sollte in Gas-Etagen-Heizung umgewandelt werden. Dazu mussten neue Kupferrohre vom Keller in die Wohnungen verlegt werden. Jedenfalls eine Arbeit für einige Wochen, an der die Hausbewohner noch ihre helle Freude haben sollten. Alles wurde in den Hausflur geschleppt. Rohre, Zangen, Lötgeräte und Werkzeug. Ausgerechnet an diesem Morgen viel Susi von Parterre ein, den Hausflur zu putzen. Oder wollte sie aus einem bestimmten Grund den Putzlappen schwingen? Wir wissen ja alle Bescheid. „Aber junge Frau, das hat doch keinen Sinn, was sie da machen.", sagte der Boss der Firma, Herr Becker. Susi bückte sich so dreist, dass Becker ihr genau unter den Rock schauen konnte. Nun ja, unsere Susi hatte eben nichts Besseres zu tun, als die Männerwelt ständig aus dem Konzept zu bringen. Susi ist dauerarbeitslos. So richtig Lust hat sie eigentlich nur für bestimmte Dinge. Ihr letzter Freund hatte sich von ihr getrennt, weil er angeblich nicht das bekam, was er haben wollte. Wer es glaubt wird selig. Es wird wohl eher so sein, dass er weggelaufen ist, weil Susi immer wollte. An diesem Morgen trug sie wieder kein

Höschen unter ihrem Minirock, welcher nur aus einem Hauch von Stoff bestand. Herr Becker, Inhaber der Firma, hatte den vollen Einblick in die kanadischen Wälder. Schnell wendete er wieder seinen Blick von Susi ab, denn er war verheiratet, glücklich verheiratet. Das wollte er auf keinen Fall aufs Spiel setzten. Vier Gas- und Wasserinstallateure gehörten zu seinen Angestellten. Becker hatte die Jungs gut im Griff. Sie waren alle noch recht jung und mussten noch oft in die Schranken verwiesen werden. Es war in der Mittagszeit und Manni verließ gerade seine Wohnung. Er wollte kurz zur Bank seine Rente abholen und anschließend für Gerda was Schönes besorgen. Sozusagen als Wiedergutmachung für den gestrigen Abend. Einige Handwerker waren im Hausflur beschäftigt. Einer rief Manni zu: „Hast dich wohl in der Jahreszahl vertan, Lockenkopf, wir haben 2016." Manni konnte sich erst keinen Reim darauf machen. Im Denken war er sowieso etwas langsamer als die anderen. „Musste jetzt deinen Manta polieren? Ha, ha, ha.", rief wieder jemand. Das Einzige, was Manni darauf antwortete war: „Rutscht mir doch alle mal den Buckel herunter, ihr Pannemänner." Er ging hinaus und knallte wütend die Haustür zu. Im Weggehen hörte er sie noch lachen. In der Bank wurde er auch nicht gerade freundlich empfangen. Die Bankangestellten hatten ihn schon von seiner schlimmsten Seite kennengelernt. Mit Mannis Art kommt auch nicht jeder klar. Zum Beispiel seine Klamotten, die er trägt. Nicht alle können sich damit anfreunden. Dann seine Zahnlücke vorne. Hätte er sich eigentlich längst machen lassen können. Aber er verpennt, seitdem er mit Gerda zusammen ist, jeden Termin. Jedenfalls wollte er an diesem tollen Montagmorgen seine Rente abholen.

Gerdas Rente ging auf ein anderes Konto. Das wollte sie nicht so gerne. „Aber ihre Rente ist noch nicht eingegangen, da müssen sie noch mal wiederkommen.", sagte der Bankangestellte. „Was, ich soll wiederkommen?", schnauzte der Ruhr-Pott-Rocker. „Sie haben wohl zu lange im Sonnenstudio gelegen.", zischte er den Angestellten an. Da sie alle Manni kannten und niemand Lust hatte sich mit ihm anzulegen, schaute der Bänker in sein Konto. Nach einer Weile, sagte er zu Manni: „Na gut, ich bewillige ihnen ausnahmsweise 100 Euro. Aber ich kann ihnen jetzt schon sagen, dass dies wirklich eine Ausnahme ist, die sich nicht wiederholen wird." Manni bedankte sich und war froh wenigstens für seine Gerda zwei Kinokarten und einen dicken Blumenstrauß besorgen zu können.

Als er zu Hause ankam, trat er direkt in einen Haufen Schutt und Kalk. „Verflucht, nimmt die Scheiße denn heute kein Ende?", wetterte Manni. „Für heute hab' ich aber die Schnauze voll, keiner kriegt mich heute aus meiner Wohnung." Kaum dachten sie ihre Ruhe zu haben, da klingelte es an der

Tür. Ein Handwerker verkündete freudestrahlend, dass das Wasser und der Strom für eine Stunde abgestellt wird. Manni bekam einen Wutausbruch vom Feinsten. „Was denkt ihr euch eigentlich, soll ich meine Scheiße aus dem Trichter blasen oder wie?", schimpfte er. Der Handwerker machte ihm den Vorschlag, sich doch dann beim Vermieter zu beschweren. Kalle kam von oben herunter, weil er viele Fragen an Herrn Berger hatte. Es ging dabei um das neue Heizsystem. Plötzlich rutschte er auf der Treppe aus und konnte nicht mehr aufstehen. Kein Wunder mit diesen Leisetretern, die er immer trug. Er stöhnte vor Schmerzen. Helmut, sein Nachbar, fackelte nicht lange und rief sofort einen Krankenwagen an. Dieser nahm Hotte zum Röntgen mit in die Notaufnahme. Man stellte einen Sprunggelenkbruch fest. Hotte musste sofort dableiben. Für eine Woche mussten sich nun seine Freunde aus dem Haus um seine Wohnung und um seinen Hasen kümmern. Sie brachten ihm alles was er brauchte. Besonders freute sich Hotte, als Susi ihn besuchen kam. Wieder einmal war sie für die Jahreszeit etwas zu frisch angezogen. Ihre Bluse war recht kurz und offen wie immer. Sie beugte sich über Hotte, weil sie ihn begrüßen wollte. In diesem Augenblick, schwappte ihre Brust heraus, direkt in sein Gesicht. Wie peinlich war das denn? Schnell steckte sie ihre Brust wieder in die Bluse und entschuldigte sich. Ob sie es wirklich nicht mit Absicht getan hat? Jedenfalls ging das Leben in dem Duisburger Mietshaus irgendwie weiter.

Gerda musste zum Frauenarzt. Vorsorgeuntersuchung, weil sie ständig Schmerzen hatte. Manni hatte sie schon aufgezogen und gesagt: „Soll ich dir saure Gurken mitbringen?" Oder er sagte: „Bei Otto haben sie schöne Umstandskleider, ein Bäuchlein ist ja schon zu sehen." Gut das Gerda seinen Humor kannte. Eine andere Frau wäre bestimmt schon ausgerastet.

Dr. Weichmann sah das natürlich ganz anders. Nach der Untersuchung erklärte er Gerda genau was sie hatte. „Sie haben eine Verkrampfung der Unterleibsorgane, ist aber nichts Schlimmes." Er verschrieb ihr ein Medikament und Gerda war froh gesund zu sein. Kalle wurde nach zwei Wochen entlassen, musste aber noch an Krücken gehen. Im Mietshaus war immer noch ein Riesenchaos. Die Arbeiten schritten nur langsam voran und alle waren angespannt ohne Ende. Das kleinste Wort hätte in dieser Situation schon einen gewaltigen Krach unter den Hausbewohnern auf den Plan gerufen. Bodo und Lotte putzten gerade den Speicher. Sie keiften sich da oben so laut an, dass Manni aufmerksam wurde. „Was ist denn bei euch da oben los, geht's auch ein bisschen leiser?", rief Manni nach oben. „Das Problem ist, hier hat es sich ein Wespennest auf dem Dachboden bequem gemacht und Lotte wollte da gerade mit ihren Händen ran.", antwortete Bodo. Etwas später rief Manni den Insekten-Notdienst an. „Immer was anderes in diesem Scheißhaus.", schimpfte er. Wieder mal klapperte Susi mit ihren Putzeimern herum. Dieses Mal trug sie nur einen Kittel, viel zu eng und nur mit zwei Knöpfen geschlossen. Hatte sie denn immer noch nicht begriffen, dass es sich nicht lohnt im Augenblick zu putzen? Ja, sicher hatte sie, aber heute ging es wirklich nicht anders. Ihr neuer Freund Bernd wollte sie am Abend besuchen kommen und da musste alles wie geleckt sein. Jedoch immer wieder musste sie ihre Reize präsentieren, denn unter dem Kittel war ein Nichts an Stoff.

Die Wohnungstür bei Manni ging auf und Gerda kam heraus. „Ich hab' gehört, dein neuer Freund kommt heute, Susi.", sagte Gerda gespielt freundlich. „Ja klar, ich freu' mich schon.", strahlte Susi. Gerda konnte

sich nicht verkneifen zu sagen: „Bin mal gespannt wie lange der das bei dir aushält."
„Ach Gerda, kümmere dich doch um deinen eigenen Scheiß, dann weißte wenigstens was dein Alter hinter deinem Rücken treibt.", entgegnete die junge Frau echt sauer. „Jetzt kriegste aber gleich eine geschmiert, du Luder. Was erlaubst du dir eigentlich?", schrie Gerda sie an. Ein Wort gab das andere und der Flurputz-Ringkampf war eröffnet. Beide Frauen hatte die Kampfeslust gepackt. Sie kloppten sich und rutschten immer wieder in der Putzlauge aus. Sie waren nicht mehr wieder zu erkennen. „Was geht denn hier ab, wo bin ich denn gelandet?", rief der Mann von der Insektenbekämpfung, den Manni kurz zuvor gerufen hatte. Die beiden Frauen merkten recht schnell, dass sie sich daneben benommen hatten. Sie entschuldigten sich und verschwanden schnell in ihre Wohnungen.

Es dauerte einige Tage bis sie wieder aufeinander zugingen. Tage später war natürlich alles wieder vergessen. Das Leben ging im Duisburger Mietshaus weiter. Mal

Zoff, mal Friede, Freude und Eierkuchen.
Am Abend klingelte Bernd bei Susi an. Erst
nach zweimaligem Klingeln öffnete sie die
Tür. Wie immer natürlich fast nackt. Bernd
war ein Mann um die Dreißig, Elektriker und
geschieden seit einem Jahr. Seine Frau
hatte die Schnauze voll von seinem Hobby.
Er sammelte Bierdeckel aus allen Städten.
Jedenfalls konnte er nicht schnell genug in
Susis Wohnung kommen. Man hörte sie
lachen und die Musik war auch nicht gerade
leise. Mannis und Gerdas Schlafzimmer
grenzte an Susis Prinzessinnenzimmer. Sie
hatte alles in rosa gehalten. Gerda war mal
vor ein paar Wochen kurz bei ihr. Manni
hatte nichts Besseres zu tun als ständig
seine Ohren an die Wand zu drücken, in der
Hoffnung mitzubekommen, was die beiden
so treiben. „Was machst du denn da,
warum horchst du an der Wand?", fragte
Gerda ihre bessere Hälfte. „Du hast doch
wohl nicht alle Tassen im Schrank.", fauchte
sie. Manni stotterte und suchte nach
Ausreden für sein unnormales Verhalten.
Wir alle wissen ja warum er das tat. Da
spielte wohl auch ein wenig Eifersucht mit.

An seine Susi durfte nichts kommen, nicht mal ein neuer Freund. Im Endeffekt konnte Manni ja doch nichts daran ändern. Wenn Gerda seine Gedanken gekannt hätte, dann hätte sich Manni im Keller einen Raum einrichten können.

Na, ja, jedenfalls ging im Nebenschlafzimmer die Post ab. Susi kreischte und lachte. Plötzlich stellte Manni eine Frage: „Gerda, hör mal, was würdest du sagen, wenn ich dir mal schwarze Reizwäsche kaufen würde, die Figur haste ja dafür?" „Du bist doch wohl jetzt total durchgeknallt.", antwortete Gerda und wurde rot im Gesicht. „Aber so ganz abgeneigt bin ich ja nicht, muss ich schon ehrlich zugeben.", fügte sie hinzu. „Das wusste ich doch, das ist meine Gerda, so kenn' ich dich.", sagte Manni freudestrahlend. Am anderen Tag fuhren beide in die Stadt. Sie kauften für Gerda Spitzenreizwäsche. Sie sah einfach toll darin aus. „Gut, dass wir darüber gesprochen haben, jetzt freue ich mich auf den Abend.", sagte Gerda. Als sie zu Hause ankamen, verabschiedete sich gerade Bernd von Susi.

Wie immer stand Susi in einem Hauch von Nachthemd an der Tür und Manni konnte sich nicht verkneifen sie anzugaffen. Der Abend rückte immer näher, Gerda hatte Kerzen angezündet und den Sekt kaltgestellt. Sie hatte eine gemütliche Atmosphäre geschaffen. Bei leiser Musik kamen sich die beiden nach langer Pause mal wieder etwas näher. Gerda ging ins Bad und präsentierte Manni ihre Reizwäsche. Ihm fehlten einfach die Worte. Dass Gerda so reizvoll aussehen würde, damit hatte Manni nicht gerechnet. Am anderen Tag hatten beide verständlicherweise etwas Kopfschmerzen. Aber sie konnten sich an jede Einzelheit des vorherigen Abends erinnern. Der Dreck im Hausflur wurde nicht weniger. Ausgerechnet in diesem Chaos bekamen Helga und Helmut einen Wohnzimmerschrank geliefert. Die Möbelpacker stolperten über einen Schlauch, der hinter der Haustür lag. Zum Glück passierte aber nichts. Manni und Gerda überlegten am Abend in ein Gartenlokal zu gehen. Sie wollten die ersten warmen Sonnenstrahlen dazu nutzen,

Erinnerungen aufzufrischen. Vor 10 Jahren lernten sie sich in einem Gartenlokal kennen. Nun wollten sie dieses Lokal besuchen. Der Wirt von damals war immer noch dort drin. Obwohl Manni ja oft nach anderen Frauen guckte, liebte Gerda ihren Ruhrpott-Rocker. Manni dachte immer, Gerda würde es nicht merken, wenn er den jungen Dingern hinterher glotzt aber sie ist ja nicht blöd. Das Gartenlokal lag etwas außerhalb der Stadt. Sie mussten mit dem Bus fahren. Gerda hatte sich noch am Morgen ein neues Kleid gekauft. Trotz ihres Alters trug sie immer noch Mini, weil sie einfach eine tolle Figur hatte. Das Alter sah man ihr einfach nicht an. Manni war stolz auf sie. Ricky, der Wirt des Gartenlokals, begrüßte die beiden recht freundlich. Immerhin kannten sie sich schon recht lange. Dieses Mal musste Manni auf Gerda ein Auge werfen. Sonst war es immer umgekehrt. „Hey Schnecke, hast einen tollen Arsch!", rief jemand aus der hintersten Ecke des Lokals. „Was willst du denn, spricht man so mit einer Dame?", antwortete Manni. Schnell merkte er in welcher heiklen Situation sie sich befanden. Jetzt bloß die Ruhe bewahren. Gerda sah nun mal toll aus, da gab es nichts. Die blonden Haare hatte sie hochgesteckt und das schwarze Kleid klebte hauteng auf ihrem Körper. „Halt dein blödes Maul!", rief der Kerl von hinten zurück. Da Manni immer noch recht muskulös war und auch so einigermaßen durchtrainiert, ging er zu diesem Typen. Nun stand er vor ihm. „So mein Freund, reißt du noch einmal deine Schnauze auf, dann stopf ich sie dir, ist das jetzt klar?", schrie Manni ihn an. Sichtlich eingeschüchtert antwortete der Kerl: „Schon gut Meister, schon gut, ich hab dich verstanden." Wenig später bezahlte er und ging. Manni und Gerda konnten zu guter Letzt doch noch einen schönen Abend in Rickys Gartenlokal verbringen. Bis weit in die Nacht hinein blieben sie dort. Die Luft war mild und der Sternenhimmel verführte zum Philosophieren. Ricky gab noch so eine Art Nachtmahl aus und brachte einen Teller Kartoffelsalat und heiße Würstchen.

Später fuhren sie mit dem Taxi nach Hause und waren seit langer Zeit mal wieder richtig glücklich. „Wieder ein Wochenende vorbei, Gerda.", sagte Manni. „Weißt du eigentlich, dass wir in ein paar Tagen schon zehn Jahre zusammen sind, mein Schatz?", überlegte der Ruhrpott-Rocker. „Ja, wusste ich Manni, ich wollte dich mit einem schönen Geschenk überraschen.", antwortete seine bessere Hälfte Gerda. Als Manni und Gerda noch dabei waren ihren zehnten Hochzeitstag zu organisieren, klopfte es heftig an die Tür. Susi war der Störenfried. Normalerweise konnte sie es einfach nicht lassen, Unruhe zu verbreiten. Auch konnte sie es nicht lassen zu provozieren. Sie wusste genau wie Gerda reagiert, wenn sie fast nackt im Türrahmen stand. Außerdem wusste sie auch genau wie Manni reagiert, wenn sie nichts an hatte. Aber dieses Mal konnte sie wirklich nichts dazu. Susi hatte absolut nichts an und fror fürchterlich. Sie heulte und sagte: „Bernd hat mich aus meiner eigenen Wohnung geschmissen. Jetzt stehe ich hier und komm nicht rein." „Aber warum denn?", wollte Gerda wissen. In der Zeit holte Manni aus dem Badezimmer einen

Morgenmantel und gab ihn Susi. Sie zog ihn sofort über und bedankte sich. Aber sie heulte ununterbrochen weiter und kriegte sich nicht mehr ein. „So, komm' erst mal rein, setz dich hin und erzähl uns was geschah.", sagte Manni. Susi setzte sich und fing an zu erzählen. „Er ist zwar ein netter Mann, aber innerhalb kürzester Zeit hat er sein wahres Gesicht gezeigt.", sagte Susi. Sie redete weiter: „Ja, nun weiß ich wie Bernd tickt." „Was willst du denn damit sagen?", fragte Manni sie aus. Susi erzählte weiter: „Ja, er ließ ganz schön den Macho raushängen und führte sich unter aller Sau auf." „Ich sollte das machen, was er wollte.

Das Schlimme ist heute geschehen, da wollte Bernd mir über meinen nackten Körper Eierlikör schütten und abschlecken.", sagte die junge Frau. Manni und Gerda mussten sich das Lachen verkneifen und so tun, als wenn sie es auch schlimm finden würden. „Dann bin ich vor Schreck nackt aus dem Bett gesprungen. Er rannte mir hinterher und beschimpfte mich mit „dumme Kuh" und noch anderen schlimmen Ausdrücken. Ich konnte nicht wieder rein, denn er machte die Tür nicht auf. Wenn ihr nicht da gewesen wärt, säße ich immer noch nackt im Flur." Wieder weinte sie. Manni meinte, sie solle diesen Heini wieder abschießen.

Manni ging rüber und klopfte an die Tür. Nichts rührte sich. Dann schlug er mit den Fäusten an die Tür. Endlich öffnete Bernd. Susi rannte in der Zeit rein und zog sich etwas an. Dann unterhielt sich Manni mit Bernd, wie unter Männern. Bernd fing an. Die Frauen konnten nichts hören, da sie zusammen in Susis Küche saßen und quatschten. „Leider liegt die Schuld nicht alleine bei mir, dass muss ich mal sagen,

Manni. Erstens war auch sie mit dem Eierlikör einverstanden und zum Zweiten rannte sie einfach nackt aus der Wohnung. Sie lies den Schlüssel liegen und knallte einfach die Tür hinter sich zu. Ich dachte nicht daran ihrem launischen Verhalten nachzugeben und machte extra die Tür nicht sofort auf. Irgendwo hört doch da der Spaß auf." „Da kannste mal sehen, dieses kleine Luder.", staunte Manni. „Ja, eigentlich haben wir sie schon zur Genüge kennengelernt.", fügte Manni hinzu. Zu guter Letzt einigten sich alle, dass Bernd sich noch einmal mit der kleinen Zicke aussprechen sollte. Kurze Zeit später taten sie es auch und gingen wieder Hand in Hand spazieren. Wieder mal wendete sich alles zum Guten in dem Sechsfamilien-Mietshaus in Duisburg.

Karneval steht vor der Tür. Alle Hausbewohner haben vor, auf dem Hinterhof ein wenig zu feiern. Dazu müssen natürlich Vorbereitungen getroffen werden. Das Wetter ist zwar kühl an diesem Tag, aber sonnig, sodass sich alle im Hof treffen konnten. Für das Essen hatten sich Gerda,

Helga, Lotte und Susi zusammengetan. Sie
wollten ein paar kalte Platten und einen
großen Topf Gulaschsuppe machen.

Die Männer sorgten für die Dekoration.
Auch für die Kostüme wollten sie tief in die
Mottenkiste greifen. Jeder rannte in seinen
Keller und kramte zusammen was er noch
finden konnte. Darunter waren ein

Bananenröckchen, mehrere Perücken, Masken, ein Rotkäppchen-Kostüm und vieles mehr. Die Frauen suchten sich das Passende heraus und verschwanden für eine Weile. Bernd sagte: „Ich bin mal gespannt was sich meine Holde ausgesucht hat." „Kann ja nur das Bananenröckchen sein.", witzelten die anderen Männer und lachten schallend über den ganzen Hof. Schon am Nachmittag hörten sie mit dem alten Kassettenrekorder von Manni Karnevalsschnulzen.

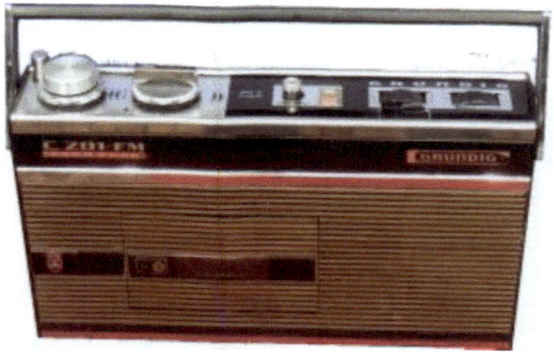

Die Frauen hatten alles gemütlich gedeckt und selbstgebackenen Kuchen aufgetischt. Tische und Stühle konnte sich Hotte aus der Nachbarkneipe ausleihen, da er mit dem

Wirt gut befreundet war. Nun marschierten die Weibsbilder mit ihren Kostümen auf.

„Siehste Bernd, haben wir doch gewusst, dass deine Angebetete mit Bananenrock hier anwackelt.", lachte Manni. Gerda hatte das Rotkäppchen-Kostüm mit sehr kurzem Rock genommen. Nun ja, sie konnte es so kurz tragen. Helga kam mit langer, schwarzer Perücke, kaum wieder zu erkennen. Dazu trug sie einen langen durchsichtigen Zigeunerfummel. Lotte hatte ihre Brüste aufgepolstert, jedenfalls kamen sie ganz schön aus dem Ausschnitt heraus. Ein Tanzmariechen-Kostüm tat obendrein seine Wirkung. „Einfach Klasse sind unsere Frauen.", meinte Hotte, obwohl er keine dabei hatte. Die Musik lief in voller Lautstärke und die Bierchen flossen gut die Kehle herunter. Die Frauen tranken Wein. Jetzt wurde getanzt. Gerda und Manni machten den Anfang, wie immer wenn gefeiert wurde. Dann kamen Helga und Helmut; Bodo und Lotte ließen sich auch nicht zwei Mal bitten. Bernd und Susi tanzten eng umschlungen. „Da kannste mal sehen Hotte, erst schlagen sie sich die

Köppe ein und jetzt ist wieder Eierkuchen backen angesagt.", rief Manni rüber zu Hotte. Wieder konnte es der Ruhrpott-Rocker nicht lassen zu sticheln. Gegen Abend brachten die Frauen kalte Platten und Salate heraus. Es wurde ordentlich reingehauen. Bier macht hungrig, das weiß man doch. Dass Manni wieder unauffällig Susi unter den Bananenrock griff, merkte keiner. Doch es hatte jemand gesehen. „Mensch Manni, du bist und bleibst eine Sau.", sagte Bodo und schaute schnell wieder in eine andere Richtung. Aber leider machten beide weiter. Auch Susi fand Gefallen daran. Na ja, im Waldbestand feststellen war er ja einmalig.

Die Musik lief und es wurde gebechert was das Zeug hielt. Keiner wusste mehr so genau zu wem er gehörte. Plötzlich war Gerda mit Hotte verschwunden. Den anderen war das wohl völlig egal. Ausgerechnet Gerda, die steht's Moralpredigten abhielt. Na ja, der Alkohol hatte wahrscheinlich ordentlich zugeschlagen. Susi saß bei Manni auf dem Schoß. Helga tanzte eng umschlungen, man hätte auch sagen können, sie tanzten einen Besamungstango, mit Bodo. Helmut fasste ständig Lotte an die Brüste. Benehmen Fehlanzeige. Anscheinend war es den Hausbewohnern so egal, dass sie sich in diesem Zustand zu allem Überfluss auch noch in einer Kommune zusammentun wollte. „Dann macht doch mal einer einen konkreten Vorschlag, wie das Ganze aussehen soll.", fragte Bodo neugierig. Helmut meldete sich mit einem, wohl dem Karneval angepassten Akzent, zu Wort: „Ich würde vorschlagen, wir hängen alle Wohnungstüren aus, damit jeder bei Jedem ein und aus gehen kann. Dafür werden wir eine verstärkte Haustür einsetzen lassen, aber mit Sicherheitsverriegelung." „Leute, lasst uns nochmal darüber reden, wenn wir alle wieder nüchtern sind.", schlug Manni vor. „Ich glaube, in dem Zustand, in dem wir uns im Augenblick befinden, würden wir auch eine Sekte gründen.", fügte er noch hinzu. Bodo war der einzige in der Hofgesellschaft, der noch etwas klarer denken konnte. Er sagte: „Wir sollten unbedingt erst mal sehen, dass wir unsere

Beziehungen wieder richtig stellen. Ich finde spätestens morgen früh sollte das besprochen werden." Am anderen Morgen trafen sich alle Hausbewohner bei Manni und Gerda zum Frühstück und sprachen sich aus. Sie entschuldigten sich für ihr Fehlverhalten bei ihren Partnern. Die Männer lobten die Frauen für das tolle Essen und wie reizend sie aussahen. Alle waren zufrieden und das Leben in dem Duisburger Sechsfamilienhaus ging irgendwie weiter. Weiterhin fanden sie stets etwas um sich zu streiten und zu vertragen. Aber auch das Feiern war ihre Leidenschaft.

„Guten Morgen Manni, haste Lust am Samstag mit zum Kegeln zu kommen bei Ilona im Kerker?", fragt ihn ein alter Kumpel, den Manni zufällig traf. Er hatte ihn schon lange nicht mehr gesehen. „Ich wusste gar nicht, dass du noch lebst Günther, aber gerne ich bin froh mal was anderes zu sehen.", freute sich der Ruhrpott-Rocker. Die beiden Männer trafen sich an der Straßenbahnhaltestelle. Günther hat man vor ein paar Wochen den

Führerschein abgenommen, wegen Promilleüberschreitung. Ein normaler Mensch hätte diese Alkoholmenge nicht überlebt. Er konnte sogar noch fahren. Nur leider musste ein Baum dran glauben.

Mannis alter Manta war in der Werkstatt zur Inspektion. „Soll ich dich am Samstag um 18 Uhr abholen zum Kegeln, bis dahin habe ich meine Kiste wieder Günther?", fragte Manni. „Ja, wenn du das tust, freue ich mich sehr.", antwortete sein Kumpel. Weiter sagte er: „Ich werde morgen die Kegelbahn bei Ilona direkt klar machen."

Die Bahn kam und die beiden Männer fuhren gemeinsam bis zur Stadtmitte. Dort stiegen sie aus und jeder ging in eine andere Richtung weiter. Günther musste zum Orthopäden, weil seine Knie nicht

mehr mitmachten und Manni wollte Gerda
eine schöne Halskette beim Juwelier
kaufen. Er wollte sie zu ihrem Geburtstag
überraschen. 333'er Gold wollte er nehmen.
Für Manni schon eine Menge Kohle. Aber
für seine Gerda tat er alles, sogar Susi nicht
mehr unter ihren Rock fassen.

Es vergeht kaum ein Tag, an dem nichts
passiert in dem Sechsfamilienhaus in
Duisburg. Manni und Gerda fühlen sich
recht wohl dort und würden für kein Geld
der Welt in ein anderes Haus ziehen. Alle
verstehen sich sehr gut. Wenn es Probleme
gibt, ist einer für den anderen da. Natürlich
nimmt Manni das oft zu genau, besonders
wenn es um Susi geht. Aber da hat Gerda
mit ihren Argusaugen, und ihrem siebten
Sinn, ein gutes Gespür für und passt gut auf.

Seit Hotte vor ein paar Wochen den Unfall
im Hausflur hatte, humpelt er nur noch
durch die Gegend. So richtig will es einfach
nicht mehr klappen. Eines Morgens klingelt
es an Hottes Wohnungstür. Eine junge Frau,
ungefähr 30 Jahre alt, steht dort mit einem
Aktenkoffer unter dem Arm. „Darf ich mich

vorstellen, mein Name ist Hansen. Margot Hansen. Ich komme von den aktiven Schwestern.", sagte sie. „Wir sind eine Gemeinschaft, die sich um einsame Menschen kümmern.", erklärte sie weiter. „Und wie finanziert ihr euch, was macht ihr genau?", fragte Hotte mit einem Grinsen im Gesicht. „Aber bitte kommen sie doch herein, bei einer Tasse Kaffee können wir uns bestimmt besser unterhalten.", meinte der Junggeselle. Frau Margot Hansen war eine ausgesprochen schöne und attraktive Dame. Oder, wie Manni sagen würde, eine Kanone. Von diesem Verein hatte Hotte zwar noch nie etwas gehört, doch trotzdem war er neugierig. Frau Hansen erklärte ihm, dass sie Menschen aufsuchen, die schon älter sind und alleinstehend. Sie wollen helfen, falls es demjenigen schlecht geht, er keine Angehörige mehr hat oder falls er sich eine teure Pflege nicht leisten kann. Sie erzählte weiter, dass sie sich aus privaten Spenden finanzieren. „Um heraus zu bekommen, welche Personen dafür in Frage kommen, hören wir in der Nachbarschaft nach. Aber wir stellen auch Anfragen bei der Stadt.", sprach sie weiter. Während Frau Hansen sprach, himmelte Hotte sie regelrecht an. Er bat sie doch in Kürze noch einmal zu ihm zu kommen. Zustimmend nickte sie mit dem Kopf und sie verabredeten sich für eine Woche später bei Hotte in der Wohnung. Oben auf der Treppe hörten Bodo und Lotte zu. Neugierig wie sie waren, wollten sie nun von Hotte wissen, was die Frau wollte. „Eigentlich ist es ein ganz anderer Grund, weshalb wir bei dir geschellt haben Hotte.", meinte Lotte. „Gerade wollten wir unsere Fahrräder aus der Waschküche holen und was denkst du wohl, was wir zu sehen bekamen.", erzählte Bodo mit hektischer Stimme. Weiter erzählte Lotte, dass sie sich dermaßen erschreckt hatten, als sie Helmut sahen, wie er Susi von hinten gebumst hat. „Sie beugte sich noch extra über den Waschkessel und streckte ihren Hintern aus, dieses Luder.", meinte Lotte. Aber Hotte interessierte es überhaupt nicht. Schnell machte er seine Tür zu und wollte seine Ruhe haben. Mit dieser Entdeckung gingen Bodo und Lotte hausieren. In kürzester Zeit, wussten alle diese Neuigkeit. „Helmut ist eine Sau, dieser Penner.", rief Manni hysterisch. „Susi ist einfach ein Flittchen, dass wussten wir schon länger.", tat Gerda ihren Senf dazu. „Aber wie bringen wir es nur Helga bei, sie muss doch die Wahrheit erfahren.", meinten alle. „Nein, nein, so nicht, ich werde erst mit Helmut reden, am besten ich knöpfe ihn mir sofort vor.", sagte der Ruhrpott-Rocker. Helga und Helmut wohnen genau über Manni. Als er bei den beiden klingelte, hatte er ein ungutes Gefühl. „War es eigentlich richtig, sich da einzumischen?", dachte Manni. Zum Glück war Helga nicht zu Hause und die beiden Männer konnten sich in Ruhe unterhalten. „Sach mal, was hast du dir da eigentlich gedacht, als du Susi in der Waschküche, du weißt schon?", sprach Manni Helmut vorsichtig an. „Wa, wa, was meinst du denn?", stotterte Helmut herum. Er tat so, als wenn nichts gewesen wäre. „Muss ich erst noch deutlicher werden, du Knalltüte.", regte sich Manni auf und bekam dabei einen hochroten Kopf. Ein Wortgefecht voller Lügen, Ausreden, Einsichten und letztendlich Entschuldigungen fand statt. Natürlich bekamen es alle im Haus mit. Manni meinte: „Helmut, ob du es Helga erzählen willst, bleibt dir überlassen, wir mischen uns da nicht mehr ein. Wenn du das mit deinem Gewissen vereinbaren kannst, dann schweige lieber."

Ob Helmut seiner Helga irgendwann davon erzählt hat, wer weiß das schon. Und Susi, na ja, die ist schließlich mit ihrem Bernd auch wieder auseinander gegangen. Trotzdem ist es eine Sauerei, wenn sie immer wieder versucht die Gemeinschaft durcheinander zu wirbeln. Ein schlechtes Gewissen wird Susi bestimmt nicht gehabt haben. Die alltäglichen Geschichten im Duisburger Haus reißen einfach nicht ab. Es lebt eben. Es wohnen ganz normale Menschen dort, wie anderswo auch. Sie wälzen Probleme und sind nach einiger Zeit wieder glücklich. Sie sind zufrieden mit dem was sie haben und wo sie wohnen. Ist doch auch klar. Genau um die Ecke ist `ne Bude. Ein paar Meter weiter Aldi und Ikea ist auch in der Nähe. Ja geschraubt und genagelt wird nämlich immer in diesem verrückten Haus.

Ja, ja, unser Manni. Oft ist mit ihm nicht gut Kirschen essen, aber meistens ist er ein feiner Kerl mit dem Herzen am rechten Fleck. Obwohl einen gravierenden Fehler hat er schon. Er wird schwach, wenn er blanke Brüste sieht und Frauen mit kurzen Röcken. Nach dem Theater im Haus, welches sich konstant einige Wochen hinzog, haben Manni und Gerda beschlossen, für eine Woche in den Schwarzwald zu fahren. „Das willst du doch wohl nicht alles mitnehmen Gerda oder?", fragte Manni sie erstaunt. Er sagte: „Sieh mal Frau, wir haben keinen Lastwagen, sondern nur einen Astra Kombi." Der Astra war übrigens gebraucht gekauft, der alte Manta hielt nach der Reparatur nicht mehr lange, Lagerschaden.

„Wo soll ich den ganzen Kram hin packen.", beschwerte er sich weiter. Manni meinte ein Nachthemd und ein Badetuch könnten auch genügen. Aber ein Lachen konnte er sich nicht verkneifen, als er dies sagte.

„Ist doch mal wieder typisch für dich, immer was zu meckern haben, aber selbst alles richtig machen zu meinen.", antwortete Gerda. Sie war für ihr Alter immer noch recht sexy und attraktiv, dies wurde ja schon öfter erwähnt. Nachdem Gerda ihre Klamotten reduziert hatte, brachten sie alles ins Auto. Auf Anraten von seiner Holden, hatte sich der Ruhrpott-Rocker vor ein paar Wochen ja den Astra besorgt. Der ist sechs Jahre alt und hat zwar schon 75.000 km auf dem Tacho, aber sonst ist er ganz in Ordnung. Leider ist er knallrot. Nicht gerade Gerdas Farbe. Aber es kommt beim Auto eben auf andere Dinge an. Nun war das Auto voll bis unters Dach. Angeblich hatte Manni ja nur das Nötigste eingepackt, doch Gerda traute dem Braten nicht. Denn statt zwei Koffern hatte er zusätzlich noch zwei Reisetaschen gepackt. „Was da wohl drin ist?", dachte Gerda. Am anderen Morgen wollten sie losfahren, darum legte sich Manni früh hin und schlief auch tief und fest ein. Gerda nutzte die Gelegenheit und schlich sich am späten Abend aus dem Haus. Gott sei Dank hörte man wenigstens am Abend in diesem Haus mal nichts. Sie machte leise den Kofferraum auf und als erstes fiel ihr die dicke Reisetasche von Manni auf, welche ungewöhnlich vollgepackt war. Sie leuchtete mit der Taschenlampe hinein. Ihre Vermutung bestätigte sich. Gerda traute ihren Augen nicht. Es lagen Pornohefte in der Tasche.

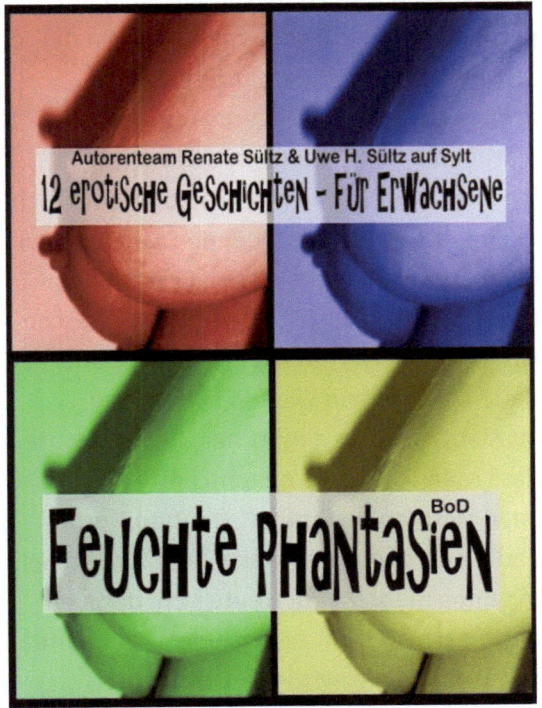

Außerdem fand sie eine Webcam und eine ganze Menge Reizwäsche für Damen. „Einfach das Letzte.", dachte Gerda. Sie verstand nichts mehr. Warum redete Manni nicht mit ihr darüber, wenn er Probleme hatte? Bedrückt und traurig ging sie nach oben. Sie legte sich hin und am anderen Morgen stellte sie ihre bessere Hälfte zur Rede. „Mich machst du zur Sau, aber selbst packst du dir die Taschen bis oben hin mit Schweinkram voll.", schimpfte Gerda. Weiter sagte sie: „Bitte erkläre mir mal, warum du solche Dinge mitnehmen willst, ich krieg das nicht in meinen Kopf rein." „Ich wollte meine geil aussehende Frau doch nur überraschen.", sagte Manni. Er erzählte, dass er vor hatte, sich mit ihr in Reizwäsche vor der Kamera zu zeigen. Er meinte alle Kerle sollen sehen wie toll meine Frau aussieht, aber sie gehört mir. Gerda meinte, dass Manni keinen Verstand hätte. Nach ein paar Minuten Bedenkzeit stimmte Gerda endlich zu und erklärte sich bereit, das alles mitzumachen. Manni freute sich, denn er hatte es auch nicht anders von seiner Gerda erwartet. Nun ging die Fahrt zum

Schwarzwald endlich los und alles andere war längst vergessen. Die Autofahrt war angenehm, aber wie Manni nun mal ist, regte er sich wieder über irgendwas Unwichtiges auf und rief: „Guck dir diesen Idiot da vorne an, der kann doch nicht Autofahren, Schmidtchen Schleicher ist da wohl nix dagegen!" „Nimm dir ruhig mal ein Beispiel daran.", meinte Gerda.

Plötzlich fuhr ganz langsam ein Streifenwagen an dem Opel vorbei. Der Polizist zog eine Kelle und forderte Manni auf, den Seitenstreifen anzufahren. „Ja, ja, ihr Säcke, ist schon gut, habe verstanden.", moserte der Ruhrpott-Rocker. Zum Glück konnten die Beamten ihn nicht hören. Manni fuhr auf den Seitenstreifen und hörte sich in aller Ruhe die Strafpredigt des Polizisten an. „Wie lange haben sie ihren Führerschein?", fragte ihn der Beamte. „Steht doch in den Papieren.", antwortete unser Held etwas sauer. Seit 30 Jahren hatte er den Lappen und ist immer unfallfrei gefahren. „Ihren Ausweis bitte.", drängelte der Polizist weiter. Er schaute sich den Ausweis an und stellte ungläubig fest, dass

Manni ja immer noch die gleiche Frisur, das gleiche Hemd und die gleiche Haarfarbe hatte, wie vor 30 Jahren. „Wie kommt denn das, mein Freund?", wollte der Beamte wissen. Manni antwortete: „Ich kann eben keine alten Gewohnheiten ablegen, Herr Wachtmeister." Jetzt endlich kam der Polizist aus sich heraus. Er musste lachen. Mit einer Strafe von 30 Euro kam Manni noch mal mit einem blauen Auge davon.

Einige Stunden später trafen sie auf dem Bauernhof, auf dem sich die Ferienwohnung befand, ein. Manni und Gerda hatten diese schon vor ein paar Monaten gebucht. Sie wurden mit offenen Armen empfangen. Ein älteres Ehepaar bewirtschaftete den kleinen Hof mit einigen Tieren und einem kleinen Feld. Sie zogen dort Gemüse für die Feriengäste und für den eigenen Verbrauch hoch. Das Ehepaar lebte von den Einkünften aus der Vermietung der Wohnung und waren damit durchaus zufrieden. Ihre Tochter Eva studierte noch. Sie wollte Tierärztin werden und lebte während dieser Zeit bei ihren Eltern auf dem Hof. Nebenbei arbeitete sie noch in einer Praxis, um ihr

Studium zu finanzieren. Trotzdem bleibt Eva immer noch genügend übrig um ihre Eltern zu unterstützen. Die junge Frau hatte eine abgeschlossene Wohnung auf dem Hof und wollte auch nach dem Studium nicht weg. Eva war 22 Jahre alt, hatte lange schwarze Haare und endlos lange Beine, die sie auch gerne in einem sehr kurzen Minirock zeigte. Anders gesagt, sie war einfach eine Bombe. Manni und Gerda wurden in ihre Wohnung gebracht und packten erst einmal in Ruhe ihre Sachen aus. Manni sagte zu seiner Gerda: „Wenn es uns gefällt Schatz, können wir doch ruhig eine Woche dranhängen, was meinst du denn?" „Ja, das könnten wir machen, denn wer hält uns davon ab.", antwortete Gerda. Kurz nachdem sie alles ausgepackt hatten, bat das Bauernehepaar die beiden zum Abendbrot nach unten in die große Wohnküche des Hauses. Manni und Gerda bedankten sich und wenig später saßen alle gemeinsam an einem riesigen Eichentisch. Ursprünglich war dieser große Tisch für das Personal des Hofes gedacht. Noch vor einem Jahr trafen sich das Personal, die Bäuerin und der Bauer hier in der Küche zum gemeinsamen Essen. Die Bäuerin kochte dann für die Mägde und die Stalljungen. Als alle am Tisch saßen sagte der Bauer: „Wir müssen noch einen Augenblick warten, denn unsere Tochter Eva kommt noch zu uns an den Tisch. Sie wird mit uns jeden Abend essen, ich hoffe sie haben nichts dagegen. Was sollten Manni und Gerda dagegen haben. Im Gegenteil, sie freuten sich neue Leute kennenzulernen. Dann ging die Tür auf und Eva kam herein. Eine Granate von Frau. Weder Manni noch Gerda konnten ihre Blicke von der jungen Frau abwenden. Sie trug ihre langen, schwarzen Haare offen, sodass sie ihr locker über die Schultern fielen. Eine recht durchsichtige Bluse, umspielte ihre pralle Oberweite. Ihre tollen Beine zeigte Eva stolz, in dem sie einen recht kurzen Rock trug. Manni bekam alle Farben im Gesicht und glaubte kaum, was er da sah. Hätte man in diesem Moment seine Gedanken lesen können, dann wäre man vor Charme errötet. Gerdas erster Gedanke war verständlicherweise: „Womit habe ich das denn wieder verdient?"

In der Zwischenzeit in Duisburg im Sechsfamilienhaus: Hotte bekommt heute Besuch von Margot Hansen. Sie hatten sich vor einer Woche verabredet und wollten sich gemütlich bei einer Tasse Kaffee über die Institution unterhalten, der Frau Hansen angehörte. Schließlich kann es ja auch bei Hotte soweit sein, dass er Hilfe in Anspruch nehmen musste. Es klingelte. „Sie ist endlich da.", sagte Hotte bei sich selbst. Hastig öffnete er die Tür und ließ Frau Hansen eintreten. „Bitte nehmen sie doch Platz.", bat er die junge Frau. Mit Freuden setzte sie sich auf die alte Eichengarnitur. Diese knarrte an jeder Ecke und teilweise war sie auch durchgesessen. Jetzt noch neue Möbel kaufen wäre für Hotte nicht möglich gewesen. Das bisschen, was er vom Amt bekam ging für die Nebenkosten und für Essen und Trinken drauf. Nach einem längeren Gespräch, welches für Hotte sehr aufschlussreich war, schauten sie sich tief in die Augen. Irgendwie verspürten die beiden eine Art Kribbeln im Bauch oder wie man so schön sagt „Schmetterlinge". Na ja, sie hatten sich ineinander verschossen. Margot

Hansen und Hotte wurden ein paar Wochen später ein Paar. Keiner hätte damit gerechnet, dass Hotte sich verlieben könnte, aber es ist doch passiert. Margot zog in Hottes Wohnung, denn seine war in dem Haus die größte.

Auf dem Bauernhof ging auch das Leben auch weiter. Gerda und Manni hatten beschlossen, noch eine Woche ihren Urlaub zu verlängern. Eva war in der Uni und das Bauernehepaar versorgte die Tiere. Die beiden Ruhrgebietler boten sich an zu helfen wo sie nur konnten. Als die Tochter der Familie am späten Nachmittag nach Hause kam, musste Eva noch die Rinder versorgen. Sie musste die Ställe ausmisten, jedoch machte es Eva nichts aus. Eva zog sich sehr luftig an, da im Stall eine sehr stickige Luft herrschte. Unter ihrer kurzen Latzhose trug sie absolut nichts. Ihre Brüste waren nur mit den Trägern der Hose bedeckt. Beim Laufen rutschten sie ständig heraus und hingen frei herum. Eva war das alles egal, schließlich war sie ja so frei erzogen worden. Als Manni in den Stall kam und fragte, ob er ihr helfen soll, kam sie ihm recht freizügig entgegen. Am liebsten hätte er zugegriffen, aber er wollte Gerda nicht schon wieder kränken. Es war schon ein Wunder, nachdem was in den letzten Monaten passierte, dass sie immer noch bei ihm war. In der Zeit hatte sich Gerda mit der lieben Bäuerin etwas angefreundet. Sie saßen auf einer Bank und erzählten sich Erlebnisse aus ihrem Leben. Irgendwann im Laufe des Abends ging Gerda los um Manni zu suchen, denn er hätte schon längst wieder in der Wohnung sein sollen. Gerda rief und rief, aber nichts tat sich. Sie vernahm ein leises Kichern und Stöhnen, welches immer lauter wurde. Vorsichtig und zugleich mit einem bedrückenden Gefühl, ging sie diesem irgendwie bekannten Geräuschen nach. Langsam tastete sich in den dunklen Kuhstall hinein und kam den lustvollen Tönen immer näher. Rechts und links standen die Rinder in Reih und Glied. Friedlich kauten sie ihr Stroh und ab und zu ließen sie einen dampfenden Fladen in die dafür vorgesehenen Gitter fallen. Am Ende der Reihe befand sich eine kleine Kammer. Dort wurde frisches Heu für die Rinder

gelagert. Leise ging Gerda auf diese Kammer zu. Die Tür war nur angelehnt und was sie dann zu sehen bekam, sollte sie so schnell nicht wieder vergessen. Manni war über Eva gebeugt. Die junge Frau lag völlig nackt im Heu. Der Lüstling griff an ihrer Oberweite herum und mit der anderen Hand rutschte er etwas tiefer um ihre Muschi zu kraulen. Man konnte förmlich hören, wie Evas Kätzchen miaute. Gerda schrie so laut, dass sich die beiden erschraken. Manni wollte Gerda noch allen Ernstes weismachen, dass es nicht so gemeint war. „Manni, was tust du da, bitte versuche mir keine Märchen zu erzählen, dass zieht bei mir nicht mehr. Hier und jetzt breche ich alles ab, auch unsere Beziehung. Ich werde für immer gehen und den Rest meines Lebens so gestalten, wie es mir gefällt. Ich habe keine Lust mehr Angst zu haben, dass mein Partner mich betrügt."
Gerda weinte bitterlich, denn so sehr ist sie noch nie belogen und gekränkt worden. Die beiden Lüstlinge standen sofort auf, klopften sich das Stroh von der Kleidung und versuchten sich noch allen Ernstes sich

zu entschuldigen. „Hier ist es wohl mit einer
Entschuldigung nicht mehr getan.", sagte
Gerda. „Eva, ziehen sie sich an, bevor sie
ihre Eltern so sehen.", bat Gerda, denn
eigentlich gab sie nur Manni die Schuld an
allem. Manni und Gerda gingen in die
Ferienwohnung, um noch ein paar Worte zu
wechseln. Gerda erklärte Manni, dass sie
diese Spielchen einfach nicht mehr
mitmachen will. „Hiermit ziehe ich einen
endgültigen Schlussstrich unter unserer
Beziehung. Ich packe jetzt meine Sachen
und lasse mich mit dem Taxi zum Bahnhof
bringen. Wenn ich in Duisburg
angekommen bin, werde ich auch dort das
Wichtigste einpacken und erst einmal in ein
Hotel gehen." Manni versuchte Gerda von
ihrem Vorhaben abzubringen und sagte:
„Bitte überlege dir genau was du tust,
Gerda. Ich bereue zutiefst was ich getan
habe." „Du weißt, dass ich ein Hallodri bin
aber meine Seele und mein Herz gehört nur
dir.", sagte er. Gerda antwortete ihm mit
Tränen in den Augen: „Du versprichst mir
jedes Mal, dass du dich bessern wirst und
kannst es nicht halten. Wenn du mich

wirklich lieben würdest, dann käme so ein Verhalten gar nicht erst in Frage. Ich muss noch mal eine Nacht darüber schlafen."

In Duisburg hatte sich in der Zwischenzeit auch einiges ereignet. Hottes Freundin hatte sich gut eingelebt. Der Junggeselle hatte sich sehr für den Aufgabenbereich seiner Margot interessiert und begleitete sie von nun an überall hin. Susi hatte wieder einen neuen Macker. Helga und Helmut hatten sich wieder vertragen, aber die Ehe hatte einen Knacks bekommen, nachdem Helmut bei Susi Hand angelegt hatte. Lotte und Bodo sind einfach nur froh, wenn sie von dem ganzen Theater im Haus nichts hören und sehen.

Auf dem Bauernhof herrschte hingegen Unruhe. Kein Wunder, nachdem was sich Manni erlaubt hatte. Keiner konnte den anderen in die Augen sehen. Gerda hatte ja so laut geschrien, dass es keinem verborgen blieb. Eva hatte fluchtartig den Bauernhof verlassen. Die Scham war einfach zu groß. Am anderen Morgen kam Gerda in die große Bauernküche und nahm zum

Frühstück Platz. Das Bauernehepaar und Manni saßen schon am Tisch. Aber so richtig hatten die Gastgeber wohl doch nicht mitbekommen, was geschehen war. Sie stellten immer wieder die Frage: „Was ist denn passiert, Eva ist so plötzlich verschwunden, ohne einen Ton zu sagen." „Vielleicht musste sie schnell irgendwo hin, denn ich hörte ihr Handy klingeln und sie rannte aus dem Kuhstall.", sagte Manni. Meine Partnerin und ich haben sie danach auch nicht mehr gesehen. „Schließlich ist sie wohl alt genug, um auf sich aufzupassen.", warf Gerda etwas ungehalten ein. Gerda nagte appetitlos an ihrem Brötchen herum, bevor sie mit der Sprache heraus kam. Sie schaute Manni mit einem bösen Blick von der Seite an und begann: „Übrigens werde ich vorzeitig abreisen müssen. Mein Partner wird natürlich die gebuchte Zeit noch hier bleiben." Weiter erklärte sie: „Ich muss dringend ins Krankenhaus und mich einer gründlichen Untersuchung unterziehen, die leider schon überfällig ist." Dafür hatten die Bäuerin und der Bauer Verständnis und wünschten ihr gute Besserung und alles

Gute. Gleichzeitig wollten sie wissen, ob Gerda noch mal zurückkommen würde. Dies verneinte sie und ging mit Manni rauf in die Ferienwohnung. Sie unterhielten sich noch einmal über das Vorgefallene. Gerda konnte das Verhalten von Manni einfach nicht verzeihen und zur Tagesordnung übergehen, als wenn nichts geschehen wäre.

Was Manni auch versuchte, er konnte Gerda nicht mehr umstimmen. Wie oft hatte er schon versprochen, ihr treu zu sein und solche Schweinereien zu unterlassen. Nichts von dem hielt er ein. Man kann Gerda irgendwie verstehen. Sie packte ihre Koffer, bestellte sich ein Taxi und hat Manni von dem Augenblick an nicht mehr wiedergesehen. In Duisburg angekommen, packte sie auch hier ihre Sachen und ließ schwere Teile und Möbelstücke, die ihr gehörten von einer Firma abholen. Als unser Ruhrpott-Rocker nach Hause kam, erinnerten ihn nur noch ein paar Fotos an Gerda. Leider zu spät, alles war zu spät. Gerda kam nie mehr zurück. Trotzdem ging das Leben im Sechsfamilienhaus weiter.

Hotte und Margot kündigten kurz nach Mannis Ankunft an, dass sie heiraten wollten. Alles wurde für die Hochzeit vorbereitet. Die Hausbewohner waren alle eingeladen. Margot schellte bei Lotte an und fragte sie: „Lotte wir haben am Samstag Polterabend und ich habe gesehen, dass im Keller ein riesiger, unbenutzter Partyraum ist. Hast du Lust mir zu helfen ihn wieder auf Vordermann zu bringen?" „Ja, mache ich doch gerne Margot.", sagte Lotte. Weiter sagte sie: „Ich habe noch altes Geschirr, das können wir zerdeppern am Polterabend." Margot sagte: „Alles muss jetzt erst einmal aus dem Partyraum raus, wir müssen eine Grundreinigung vornehmen. Nur unsere Männer müssen noch nichts davon wissen, denn es soll eine Überraschung sein." Auch Hotte wusste nicht, dass es im Haus einen Partykeller gab. Die Frauen holten sich zur Verstärkung noch Susi und Helga dazu. Eifrig brachten die Frauen den Partykeller auf Vordermann und dekorierten alles für den Polterabend. Heimlich fuhren sie Bier und Spirituosen kaufen und bunkerten schon alles unten im

Kellerraum. „Sollen wir wieder die kalten Platten machen?", fragte Susi. Margot antwortete sofort: „Nein, nein Hotte und ich heiraten doch nur einmal im Leben, da schauen wir nicht aufs Geld, sondern beauftragen einen Service, der das Essen bringt.", antwortete Margot.

Die Woche verging und der Samstag, an dem der Polterabend stattfinden sollte, war da. Alle Vorbereitungen waren abgeschlossen und Punkt 18 Uhr kamen die kalten Platten. Das hatten sich Margot und Hotte richtig was kosten lassen. Die Getränke waren kalt gestellt und nach und nach trotteten alle Hausbewohner Richtung Partykeller. Sie bekamen große Augen und staunten, denn die Frauen hatten einiges auf die Beine gestellt. Jedoch einer fehlte. Manni. „Hat einer von euch unseren Sonnyboy gesehen?", fragte Hotte in die Runde. „Nein, wo du es sagst, jetzt fällt es uns auch auf.", sagte Bodo. „Aber Gerda ist doch sonst immer schon bei den Vorbereitungen dabei gewesen.", stellte Lotte fest. Die Männer beschlossen gemeinsam bei Manni zu klingeln. Sie

wollten ihn fragen, was los ist. In der Zeit
tranken die Frauen schon etwas und legten
schöne Musik auf. Der Plattenspieler aus
den siebziger Jahren spielte noch
einwandfrei. Die Schallplatten waren
Raritäten und lagen die ganzen Jahre fest
verschlossen in einer Truhe.

Hotte, Bodo und Helmut schellten bei
Manni an. Nach einer Weile machte Manni
die Tür auf und sagte: „Ach ihr seid es, ich
habe nicht mit euch gerechnet." Er sah sehr
schlecht aus. Sie fragten ihn: „Was hast du
denn, Manni und wo ist Gerda?" Manni
antwortete gequält: „Ja, das ist eine lange
Geschichte, aber kommt erst mal herein."
„Weißt du denn, dass ich heute
Polterabend habe?", fragte Hotte ihn.
„Nein, entschuldige mein Freund, aber ich
habe in den letzten Wochen nichts
mitbekommen.", sagte Manni. Manni
erzählte vom gemeinsamen Urlaub und von
dem was vorgefallen war. Mit Tränen in
den Augen sagte er: „Sie hat mich verlassen
und kommt auch nicht wieder zurück." Die
Männer schlugen die Hände über den Kopf
zusammen, sie konnten nicht glauben, was

sie gerade zu hören bekamen. Hotte erzählte noch, dass er in dieser Zeit Margot kennen und lieben gelernt hätte und dass sie nun heiraten wollten. Das Manni jetzt bis oben in der Scheiße saß, hatte er sich selbst zuzuschreiben. Aber seine Freunde sprachen ihm Mut zu und dass das Leben doch irgendwie weiter gehen würde. „Manni, du bist doch noch kein alter Sack, da wird bestimmt noch mal jemand kommen für dich.", sagte Helmut. Gemeinsam gingen sie nun herunter in den Partykeller. Manni war begeistert, seine Laune besserte sich und er plante schon wieder die nächste Fete.

Langsam kehrte wieder Frieden ein in Mannis Herz. Gemeinsam feierten sie den Polterabend mit viel Alkohol, aber Manni wollte nichts trinken und blieb bei einem Saft. Er wollte sein Leben komplett umkrempeln. So ging das Leben nun weiter in diesem ehrenwerten Haus. Manni bekam endlich alles besser in den Griff. Er trank keine Bierchen mehr und wurde ein ruhiger und nachdenklicher Mensch.

Aber ich glaube eher, dass er wieder eine Frau finden wird, die zu ihm passt und das er auf Dauer doch nicht ganz ohne seine geliebten Bierkes auskommen wird.

Neues aus dem Sechsfamilienhaus werden meine Leser demnächst erfahren.